누군가의 마음

누군가의 마음

김민령 소설 ─ 파이 그림

창비

차 례

누군가의 마음

그 일이 정확히 언제부터 시작되었는지는 모르겠다.

어쩌면 입학식 날 반 배정을 받고 바로 시작되었을 수도 있고, 한참 뒤부터일 수도 있다. 처음엔 그냥 난처하고 당황스러운 대화가 몇 번 오가고 난 다음 끝났을 테고, 당사자들도 그 일이 그렇게 이상하다고는 생각하지 않았을 거다. 세 번째까지는 일이 너무 조용히 진행되었다. 메리는 그다지 눈에 띄는 아이가 아니었으니까. 어쩌면 메리가 세 번째까지는 상대를 아주 신중하게 잘 골랐는지도 모를 일이다. 이를테면 입이 아주 무겁고 여자아이의 명예와 체면을 지켜 줄 줄 아는 남자아이들로.

그러나 운 나쁘게도 세 번째 아이와 네 번째 아이는 절친이었다. 같은 아파트 단지의 같은 동에 살고 있었으며 학원도 같이 다니는 터라 이런저런 실없는 이야기를 할 시간은 얼마든지 많았다. 그날 따라 학원 버스가 좀처럼 출발을 하지 않고 꾸물거렸다. 네 번째 아이는 이제 막 하나둘 간판에 불이 들어오는 어둑어둑한 거리를 내다보며 말을 꺼냈다.

"야, 어떤 여자애가 내가 좋대."

"누구?"

"강메리."

"강메리?"

세 번째 아이는 한동안 어안이 벙벙해 있다가, 그 뒤에는 조금 생각을 하고, 답답할 만큼 머뭇거린 끝에 네 번째 아이에게 말했다.

"강메리가 나한테도 좋아한다고 고백했는데."

네 번째 아이는 자신의 단짝과 달리 입이 가볍고 친구들 사이에 새로운 이슈를 퍼뜨리는 데 특별한 즐거움을 느끼는 부류였다. 다음 날 당장 남자아이들 사이에 이 남사스러운 소식이 전파되었고,

그날 오전 수업이 끝나기 전에 첫 번째 아이와 두 번째 아이도 자신 또한 강메리에게 고백을 받았다고 어렵사리 털어놓았다. 남자아이들 사이에서만 비밀스레 돌던 이야기는 얼마 안 가 여자아이들에게도 전해졌다. 이제 강메리 이야기는 즐거운 '떡밥'이 되어 둘 이상이 모이기만 하면 몇 번씩 장난스러운 눈빛이 오가고 풋, 웃음이 터지곤 했다.

강메리 쟤 뭐지? 여중 나왔나 보다. 남녀 공학 가면 꼭 남자 친구를 사귀겠다고 결심한 거지. 그렇다고 몇 달 사이 네 명씩이나? 쟤 뭐 버킷 리스트 같은 거 실행하고 있는 거 아냐? 그게 그렇게 절박해? 뭐가 이렇게 필사적이야? 시한부거나 아니면 뭐 북극처럼 아주 사람 만나기 힘든 나라로 갈 예정인가 보지. 와, 좋겠다. 뭐가? 시한부, 아니면 북

극? 둘 다. 이놈의 나라 어떻게든 뜨고 싶잖아. 야, 정신 차려. 내가 뭘. 정신 차려야 되는 건 강메리지.

이야기 끝에는 다들 고개를 젓거나 혀를 쯧쯧 찼다. 모두 초등학교 때부터 경솔하게 고백하고 커플이 된 다음 후회한 적이 있거나 간질간질한 기분으로 지내던 여자애와 남자애가 금세 시큰둥해지는 걸 지켜본 경험이 있었다. 고백 같은 건 절대로 쉽게 할 일이 아니다. 물론 학교를 다니다 보면, 평소에는 아무렇지도 않았던 이성 친구한테 설레는 일이 다반사다. 햇살을 받은 머리카락이나 샤프를 쥔 손 모양, 경쾌한 웃음소리나 싱거운 농담 같은 것만으로도 얼마든지 사랑에 빠질 수 있다. 하지만 한 반에서 네 번째 고백이라니, 확실히 흔치 않은 일이었다.

그날 하루 동안 반 분위기는 무척이나 어수선했다. 수업 시간마다 선생님들이 수군대는 아이들을 잡아내고 짜증을 내는 일이 되풀이됐다. 뭐야? 이 반 왜 이래? 물리 선생님은 아이들에게서 필담이 가득한 공책을 빼앗아 들여다보기도 했다. 오호, 그렇단 말이지. 인기 많은 물리 선생님은 아이들과 마주 보고는 신들신들 웃었다.

메리는 평온했다. 수업 시간에는 고개를 한쪽으로 기울인 채 잠을 잤고, 쉬는 시간이면 언제나 그렇듯 흰색 이어폰을 꽂고 두 손으로 턱을 괸 채 구부정하게 앉아 있었다. 그럴 때 메리의 눈은 꿈을 꾸는 것처럼 보였다. 어쩌면 혼자서 다른 우주에 가 있는 것 같기도 했다.

채 일주일도 지나지 않아 다섯 번째 남자아이가 나섰다.

"이번엔 나야!"

다섯 번째 남자아이는 아침에 등교하자마자 책상에 앉은 채 울부짖었다. 반쯤은 웃고 있었는데 재미있어하는 기색이 역력했다. 야, 이번에는 어지간하면 받아 주지 그러냐! 누군가 말하자 그 주변에서 웃음이 와그르르 터져 나왔다. 하지만 잠시 뒤 메리가 교실 뒷문으로 들어서자 교실 안은 일순간 조용해졌다. 다들 딴청을 부리는 척했지만 메리가 뒷문에서 창가 중간의 자기 자리까지 가는 동안 시선만은 그 뒤를 좇고 있었다.

메리는 평소처럼 조금 느릿느릿한 걸음걸이로 교실을 가로지르고 책상 의자를 뺀 다음 힘들었다는 듯 털썩 주저앉았다.

참견 잘하고 친절한 여자애들 몇이 메리에게 다가갔다. 귀에서 이어폰을 뺀 메리가 고개를 갸웃했다.

"강메리, 너 진짜 동훈이한테 고백했어?"

메리는 조금 놀란 표정을 지었지만 곧 고개를 한 번 크게 끄덕했다.

"진짜? 야, 동훈이가 왜 좋아? 쟤 발 냄새 엄청난데. 성격도 완전 구려, 개 구려."

"야, 지금 그게 문제가 아니잖아."

"왜? 난 그게 궁금한데."

두 명의 여자아이가 실랑이를 벌이는 동안 여자 부반장이 나섰다. 부반장은 안경을 한 번 추어올리고는 말했다.

"너 벌써 다섯 번째라며. 김서호, 정준서, 박주영, 윤재서, 그리고 김동훈. 애들이 다 불었어. 다들 수군대는 거 몰라? 남자애들끼리 공유한다고."

메리는 고개를 돌려 교실을 한 바퀴 둘러봤다. 아이들이 허둥지둥 고개를 돌리자 메리가 조그맣게 한숨을 쉬었다.

"그렇구나."

메리가 다시 이어폰을 꽂으려고 하자 부반장이 메리의 손을 붙잡았다.

"강메리! 너 왜 그래?"

부반장이 소리를 꽥 지르자 메리가 움찔했다. 그러고는 느릿느릿 눈을 끔벅이며 부반장을 올려다봤다.

"내 마음이야."

부반장의 손이 툭 떨어졌다.

와, 우리가 생각했던 것보다 훨씬 또라이야. 제자리로 돌아오던 여자애 중 하나가 중얼거렸다. 부반장은 무안한 듯 얼굴이 빨개져서 한동안 손바람으로 얼굴을 식혀야 했다. 교실 안에 있는 아이들 중에도 속으로 뜨끔한 아이들이 많았다. 그러고 보니 우리가 무슨 상관이야?

자연스럽게 메리에 대한 이야기는 시들해지고 말았다. 다섯 번째 아이가, 어떡할까? 고백 받아 줘? 말아? 하루 종일 징징대며 돌아다녔지만 아이들의 답은 시큰둥했다. 그걸 왜 우리한테 묻냐? 알아서 해, 멍청아.

메리에 대한 관심은 다시 가라앉았다. 메리는 그러거나 말거나 이어폰을 꽂은 채 느릿느릿 걸어 다녔고, 대개 졸고 있었으며 급식 시간에는 한쪽 모서리가 하얗게 부서진 검은색 스마트폰을 필사적으로 들여다봤다. 뭘 그렇게 열심히 보는지도, 어떻게 걸리지 않고 휴대 전화를 소지하고 있는지도 알 수 없었다. 메리는 야간 자율 학습도 하지 않았는데 왜 강메리만 빼 주느냐고, 나도 좀 빼 달라고 조르는 아이들에게 담임 선생님은 단호했다. 네가 강메리냐? 메리가 대체 무얼 어쨌기에 야자에서 빠질 수 있었는지는 불가사의했다. 메리가 교무실에 가서 드러누웠다는 이야기도 있고 담임에게 '내 마음이다!'를 외쳤다는 이야기도 있었지만 역시 알 수 없었다.

그 뒤로도 메리는 일이 주 정도의 간격을 두고 남자애들한테 좋아한다는 고백을 했다. 이쯤 되면 그냥 고백 마니아인 거지. 아이들은 더 이상 메리에게 관심을 두지 않았다. 이제 당사자들도 으레 돌아오는 주번이나 청소 당번처럼 받아들이는지 조용히 넘어갔다. 주번이나 청소 당번한테 신경을 쓰는 사람은 없는 법이니까 말이다.

한번은 다른 반에 여자 친구가 있는 남자애한테 고백을 했다가 시끄럽게 됐다고 이야기가 돌았지만, 그 여자 친구가 우리 반에 찾아오는 일 같은 건 벌어지지 않았다. 어떤 애는 강메리의 고백 패턴을 풀어 보겠다며 이름 가나다순, 생년월일, 신장, 발크기, 학교에서 집까지의 거리, 심지어 머리숱이나 샤워 횟수 같은 것들을 조사하고 다녔지만 특별한 원칙을 발견하지는 못했다.

그러는 동안에도 강메리는 여전히 평온했다. 느린 걸음걸이, 세상과 장막을 친 듯 귀에 꽂은 이어폰, 그리고 깊은 잠.

여름 방학이 지나 2학기가 시작되고, 10월 말로 접어들자 분위기가 조금 달라졌다. 순번처럼 돌아오던 고백의 대상이 이제 셋밖에 남지 않은 것이다. 메리한테 고백을 받는 일은 더 이상 자랑거리도 흉도 되지 않았지만 고백을 받지 못한 남자아이들로서는 아무래도 계속 신경이 쓰이기 마련이었다. 아무도 그렇게 생각하지 않았지만 자신에게 심각한 문제가 있는 건 아닌가 은근히 고민이 되기도 했다. 몇몇 아이들은 고백을 받은 그 자리에서 메리에게 고맙다고 인사를 했다는, 진위를 알 수 없는 이야기도 돌았다.

어느 날 아침, 교실에 들어선 남자아이 하나가 두 손을 번쩍 들고 소리 없이 환호를 질렀다. 그러자 친한 무리들이 우당탕 자리에서 일어나 열여섯 번째 남자애에게 다가가 어깨를 치고 소리를 지르며 투덕거리기 시작했다.

"휴, 나만 못 받으면 어쩌나 식겁했네."

열여섯 번째 남자애는 흘리지도 않은 땀을 닦는 시늉을 하며 너스레를 떨었다. 뷰웅신, 픽도 자랑이다. 네 일생에 이런 일은 다시없을 거다. 아이들은 옆구리를 치고받으며 한동안 교실 뒤에서 부산을 떨었다.

이제 우리 반에서 메리의 고백을 받지 않은 남자애는 단 두 명만이 남았다.

한 명은 중학교 때부터 일진으로 유명했던 천영표. 영표는 중 3 때 돌연 마음을 잡고 인문계 고등

학교로 진학했다고 한다. 언제나 뒷자리에 삐딱하게 앉아 누구든 걸리기만 하면 반토막을 내 줄 것 같은 표정을 하고 있었는데 아이들 모두 영표의 심사를 거스르지 않으려고 무심한 척 몹시 신경을 쓰고 있었다. 고등학교에 들어와 말썽을 피운 적은 없었지만 중학교 때 일은, 전해지는 대로 믿는다면 전설에 가까웠다.

영표는 자신에게 아이들의 관심이 몰리는 걸 알고는 책상을 쾅 내리쳤다.

"뭐가 이렇게 시끄러워?"

아이들은 뜨끔하여 어깨를 움츠린 다음 자기들끼리 눈길을 주고받았다. 그리고 한참 후에는 다시 눈꺼풀을 껌뻑껌뻑하며 서로에게 소리 없는 질문을 던졌다. 그런데 가만, 다른 하나는 누구?

한참 뒤에야 아이들이 나를 기억해 냈다. 몇몇

아이들은 내가 우리 반에 있다는 걸 전혀 몰랐다는 듯이 눈이 휘둥그레진 채 나를 건너다보았다. 아, 고재영! 그렇지, 우리 반에 저런 애도 있었지.

나에게 그렇게 많은 눈길이 몰린 것은 처음이었다. 새벽부터 비가 내리던 날 비를 흠뻑 맞은 채 교실 안에 들어섰을 때도, 오토바이 사고로 종아리뼈에 금이 가 깁스를 한 채 등교했을 때도, 형이 죽어서 열흘이나 학교를 빠졌다 돌아왔을 때도 아이들의 눈길은 내내 나를 비껴갔었다. 아이들 잘못은 아니다. 세상은 온갖 불운이 가득한 곳이고, 어떤 사람은 일찍이 불운의 구덩이에 빠져 도저히 헤어나올 수 없으며, 그의 불운이 다른 사람에게 전염되지 않으리라는 보장은 전혀 없으니까. 그런 어둠을 일부러 들여다보고 싶은 사람이 어디 있을까.

나도 어떤 식이든 관심을 바란 적은 없다. 더 이상 결석을 하면 곤란하다는 담임의 말이 없었다면, 고등학교만은 꼭 졸업하라는 형의 유언이 아니었다면 진작에 학교를 뛰쳐나갔을 것이다.

나는 책상 위에 내려놓은 두 팔 사이에 시선을 고정하고, 오른손으로는 샤프를 휙휙 돌리며 곁눈질로만 반 분위기를 살폈다. 그런데 대체 뭘 보고 있는 거야? 옆자리에 앉은 동훈이가 내 텅 빈 책상 위를 들여다보고 내 얼굴을 한 번 본 다음 고개를 절레절레 저었다.

11월이 다 가도록 영표에게도 내게도 아무 일도 일어나지 않았다. 강메리에게 남자 친구 생긴 거 아냐? 아이들이 열여섯 번째 남자아이에게 의심의 눈길을 던지자 그 아이는 펄쩍 뛰었다.

"아니야! 그날, 바로, 그 자리에서, 됐다고, 미안하다고, 분명히, 말했단 말이야."

열여섯 번째 남자아이는 교실 구석구석까지 다 들리도록 또박또박 말했다.

교실 안에는 메리가 있었지만 아무도 메리에게 신경을 쓰지 않는 것 같았다. 메리는 그때도 이어폰을 꽂은 채 무심히 창밖을 내다보고 있었다.

점심시간에 복도를 지나가는데 창가에 몰려 있던 몇몇 남자애들이 갑자기 입을 다물었다. 뭔지 몰라도 내 얘기를 하고 있던 눈치였다. 내가 아이들의 화제에 오르다니 놀라운 일이었지만 아무래도 상관없었다. 나는 걸음을 늦추지 않고 지나쳤다. 등 뒤에서 소리 낮춰 속삭이는 소리가 들려왔다. 그래서 넌? 누구한테 걸 거야?

교실 창밖의 풍경은 나날이 달라졌다. 은행잎이 노랗게 물들었고, 실내화를 신은 아이들이 땅에 떨어진 은행을 밟고 들어와 교실 안에는 희미한 구린내가 감돌았다. 바람이 불면 은행잎이 새 떼처럼 허공을 떠돌았다.

어느 날 아침, 비가 내리고 나뭇잎이 일제히 떨어져 내렸다. 비구름으로 가득한 하늘은 어둑어둑했다. 교문을 들어서면 본관 건물까지는 야트막한 언덕을 걸어 올라가야 했다. 고르지 않은 보도블록 군데군데에 빗물이 고여 있고 웅덩이마다 비에 젖은 낙엽들이 겹겹이 쌓여 있었다. 나는 웅덩이를 밟지 않으려고 조심하며 고개를 숙인 채 걸었다.

본관 앞 계단에 이르렀을 때쯤 우산 아래로 교복을 입은 누군가의 다리가 보였다. 우산을 뒤로 젖히고 보니 천영표였다.

영표는 잔뜩 움츠린 어깨에 우산을 걸쳐 놓고 두 손은 교복 바지 주머니에 찔러 넣은 채였다. 교복 위에 아무것도 입지 않아 추위로 코가 빨개지고 뺨에는 오톨도톨 소름이 돋아 있었다.

내가 말없이 바라보자 영표는 흠, 하고 헛기침을 했다.

"야, 별일 없냐?"

그러고는 시선을 내 등 뒤 어디쯤, 허공으로 보냈다. 나는 뭐라고 대답해야 좋을지 몰라 가만히 있었다. 잠시 뒤 영표가 다시 흠흠, 목을 가다듬었다.

"아니, 뭐…… 어떻게 잘 지내나 해서."

나는 영표를 지나쳐 계단을 오른 다음 우산을 접었다. 영표가 허둥지둥 내 뒤를 따라 현관으로 들어섰다.

"하하, 김재영, 너 이 길로 다니냐? 나도 그런데."

이 길로 다니는 건 나 말고도 많았다. 1학년 교실로 가려면 구관 현관으로 들어가 2층으로 올라간 다음 연결 통로를 따라 신관으로 건너가는 게 제일 편하니까. 더욱이 비 오는 날에는.

내가 휙 몸을 돌리자 영표가 멈칫하는 바람에 우산에서 후드득 빗물이 떨어졌다.

"실내에 들어왔으면 우산 좀 접지?"

"아, 참."

영표는 그제야 주머니에서 손을 빼고 서둘러 우산을 접기 시작했다. 하지만 한쪽 살이 부러진 고

동색 우산은 잘 접히지 않고 붙잡힌 새처럼 파닥거리기만 했다. 인조 대리석 바닥에 빗물이 잔뜩 떨어졌다.

"에이 씨, 이게 미쳤나?"

영표의 얼굴이 벌게졌다.

나는 영표의 우산을 받아 들고 천천히 접은 다음 똑딱단추까지 채워 건네주었다.

"자. 그리고 내 이름은 고재영이야."

"아, 그러냐?"

영표가 손을 내밀어 우산을 받더니 씩 웃었다.

그날 밤, 나는 영표를 오토바이 뒷자리에 태우고 메리가 일하는 편의점으로 갔다.

자정이 가까운 시간이었지만 금요일 번화가라 그런지 거리는 초저녁처럼 떠들썩했다. 영표와 나는 편의점 맞은편 불 꺼진 화장품 가게 계단에 걸 터앉았다.

저녁 무렵 그친 비 때문에 바닥은 여전히 군데 군데 젖어 있었다. 젖은 바닥이 가로등 불빛으로 번들거렸고, 술집 전단이며 담배꽁초, 종이컵 등 온갖 쓰레기가 나뒹굴고 있었다. 술에 취한 사람들 이 비틀거리며 지나갔다.

비가 온 뒤라 기온이 뚝 떨어진 터였다. 영표와 나는 입에서 하얀 입김을 내뿜었다.

영표가 주머니를 뒤지더니 구겨진 담뱃갑을 꺼 내 내게 내밀었다. 나는 고개를 저었다.

"아, 새끼. 종잡을 수가 없네."

영표가 내 배달용 오토바이를 흘낏 쳐다보며 중 얼거렸다. 그러고는 다시 담뱃갑을 주머니에 쑤셔 넣었다.

"그런데 너 뭐냐? 맨날 여기 와서 쟤 쳐다보고 가는 거야? 쟤 좋아하냐?"

"아니."

"아니긴. 뭐, 뻔하지."

영표가 낄낄거렸다.

5월쯤이었나, 우연히 메리가 이곳 편의점에서 야간 근무를 한다는 사실을 알게 되었다. 유일한 가족인 형이 죽은 지 얼마 되지 않았을 때였고, 벚꽃이 날리는 밤이었다.

나는 새벽 3시쯤 어두운 거리를 정처 없이 달리다가 땀과 눈물을 닦으며 그 편의점에 들어갔었다. 내가 사발면과 소주 한 병을 카운터 위에 올려놓자

메리는 신분증, 하고 말하다가 나를 알아봤다. 나도 그제야 메리가 누구인지 알아챘다. 메리가 있는 줄 알았다면 절대 그 편의점에 가지는 않았을 거였다. 주머니에 넣고 온 형의 신분증은 꺼낼 필요도 없는 일이었다.

우리는 한동안 잠자코 서로를 바라봤다. 온 세상이 조용했다.

얼마나 그러고 있었을까. 잠시 후 메리는 아무렇지도 않은 듯 사발면과 소주의 바코드를 찍었다. 이천오백 원입니다.

"야, 김재영, 아니, 고재영. 그럼 너 쟤가 그러고 돌아다닐 때 엄청 속 쓰렸겠다?"

"아니라니까."

"뭐가 아니냐."

영표가 어쩐지 풀이 죽은 목소리로 말했다.

나는 잠시 영표의 옆얼굴을 바라봤다. 든든히 겨울 파카를 챙겨 입었지만 영표의 얼굴은 여전히 추워 보였다. 어쩌면 원래 저런 얼굴인지도 모르겠다는 생각이 들었다.

"그냥, 강메리를 보면 어떻게든 학교를 계속 다녀야겠다는 생각이 들어."

나는 운동화 뒤축으로 바닥을 툭툭 치며 말했다.

"왜?"

"글쎄, 왜일까?"

"거봐. 좋아하는 거야."

영표는 그렇게 말하더니 립밤을 꺼내 입술에 쓱쓱 발랐다.

메리가 언제부터 편의점 야간 알바를 하고 있는지는 모르겠다. 학교에서 메리는 늘 다른 세상에가 있는 것처럼 보였지만 편의점의 환한 불빛 아래 파란 조끼를 입고 있는 메리는 나와 같은 세상에 존재하는 사람 같았다. 하지만 나는 교실에 앉아 꿈을 꾸고 있는 듯한 메리가 더 보기 좋았다. 그럴 때 메리에게는 자기만의 특별한 우주가 있는 것 같았으니까.

메리가 사는 우주에 한번 들어가 볼 수 있다면. 다 그렇고 그런 슬픈 이야기다.

나는 가끔 배달 일이 끝나고 자정이 넘은 시간에 메리를 보러 가지만 그 뒤로는 한 번도 편의점에 들어간 적이 없었다. 흥성거리던 번화가의 소음이 차츰 잦아들고, 여기저기서 차르륵차르륵 셔터 내리는 소리가 들리는 동안 어두운 계단에 가만히 앉아 있기만 했다.

"야, 고재영. 그런데 쟤는 왜 그랬을까?"

"뭘?"

"남자애들한테 돌아가면서 고백한 거."

나는 편의점을 바라보았다. 메리는 냉장고 문을 열고 쭈그려 앉은 채 음료수를 채워 넣고 있었다. 뒤로 묶은 머리카락이 등 뒤에서 살랑살랑 흔들렸다.

"모르지."

"몰라?"

영표가 눈을 동그랗게 뜨고 나를 보았다.

"다른 사람의 마음을 어떻게 다 알겠어."

"그런가."

영표가 의외로 선선히 대답했다. 고개도 끄덕끄덕하면서 생각에 빠진 눈치였다.

틈틈이 립밤을 바른 영표의 입술이 번들번들 빛났다. 문득 영표가 중학교 때 유명한 일진이었다는 게 정말일까, 하는 의문이 들었다. 영표의 우주에는 또 어떤 이야기가 있나.

나는 한참 영표의 옆얼굴을 바라보다 무심코 고개를 돌렸다. 그러고는 돌처럼 굳어 버렸다.

메리가 편의점 유리문 너머에 똑바로 서서 이쪽을 바라보고 있었다. 우리는 오래전 그랬던 것처럼 한참이나 마주 보았다. 메리가 아주 천천히 오른손을 들더니 손바닥을 유리문에 갖다 대었다. 이쪽에서 보는 메리의 손바닥은 활짝 핀 꽃잎처럼 보였다.

당황스러운 마음이 차츰차츰 가라앉기 시작했다. 강메리. 너의 마음은 어떤 거니?

조금 뒤, 메리가 환하게 웃었다.

거기, 메리가 있었다.

창가 앞에서 두 번째 자리

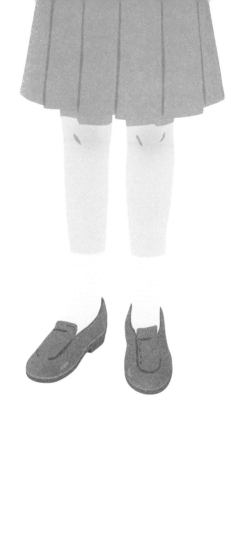

　전학 전날, 엄마는 모은이에게 새 단화를 사 주었다. 별말은 없었지만 축하 선물이 아니라는 점만은 분명했다. 군이 이름을 붙이자면 위로 선물이라고 해야 할 것이다.

　모은이는 아주 어렸을 때 B형 간염 주사인지 홍역 주사인지를 맞으러 가는 길에 엄마가 사 주었던 빨간색 벨벳 머리띠를 떠올렸다.

　그때 그 머리띠는 어디로 갔을까.

모은이는 새 단화를 신고 새 학교로 갔다.

담임 선생님은 여자였고, 젊었고, 어깨가 좁은 데다 팔다리가 가늘었다. 둥근 얼굴에 말할 때마다 살짝살짝 보조개가 팼다. 학생들을 모욕하거나 함부로 윽박지를 것 같지는 않았다.

"걱정 마세요. 어머니께서 염려하시는 맘은 잘 알고 있습니다."

담임 선생님은 잠시 모은이한테 눈을 돌렸다. 차갑지도 따뜻하지도 않은 눈빛. 모은이는 슬며시 창밖으로 눈길을 피했다.

"모은이가 잘 지낼 수 있도록 최선을 다할게요. 걱정하지 마세요."

엄마는 한결 마음을 놓는 눈치였다. 며칠 전부터 엄마는 모은이보다 더 조바심을 내는 것처럼 보였다. 지난 한 달간 엄마는 모은이만큼 힘들었을 것이다. 엄마는 모은이 손을 꼭 한 번 쥐었다 놓더니, 곧 몸을 돌려 학교를 떠났다.

"얌전한 아이라고 들었다. 그렇다면 아무 문제 없을 거야."

복도를 걷는 동안, 담임 선생님이 모은이를 보지도 않고 말했다.

2학년 3반 교실 앞에 멈추어 서자 담임 선생님은 한동안 창문 너머로 교실 안을 살펴보았다. 교실은 이상하리만치 조용했다. 저쪽 복도 어디에선가 노랫소리가 들려왔다. 옛날부터 전해 오는 쓸쓸한 이 말이 가슴속에 그럽게도 끝없이 떠오른다…….

"자, 들어가 볼까?"

담임 선생님이 모은이 어깨를 툭툭 두드렸다.

"김모은이라고 합니다."

모은이는 누가 누구인지 하나도 알 수 없는 아이들 앞에서 꾸벅 인사를 했다. 자기 목소리가 어디 먼 데서 오는 것처럼 느껴졌다. 모은이는 맨 뒤, 빈 책상에 가서 앉았다.

선생님은 모은이가 책가방에서 공책을 꺼내기도 전에 조회를 시작했다. 모은이는 울지 않으려고 안간힘을 써야 했다. 어쩐지 소풍 대열에서 혼자 떨어져 나와 낯선 곳을 두리번거리는 기분이었다.

　점심시간에 벌써 같이 밥을 먹는 친구가 생겼
다. 애나는 모은이가 마주 보고 웃어 주자 단번에
다가왔다.

　"네가 전학을 와서 얼마나 좋은지 몰라. 하루 종
일 학교에 있으면 보고 듣는 게 얼마나 많은데 말
할 사람이 없으면 진짜 답답하잖아. 담임은 학교에
서 친구 같은 거 만들지 말라는데 그게 뭐야."

애나는 점심시간에도, 쉬는 시간에도 모은이 옆에서 쉴 새 없이 떠들어 댔다. 애나 이야기에 귀 기울이던 모은이는 자주 웃었다. 애나가 가리키는 대로 아이들을 슬쩍슬쩍 살피다 보니 조금씩 이름을 익힐 수도 있었다. 처음엔 똑같은 교복을 입은 남자애들과 여자애들로밖에 구별되지 않았는데 이제는 몇몇 아이들의 신상 정보까지도 알게 되었다. 누구는 전교 일 등을 도맡아 하고 누구는 가수가 되려고 오디션을 보러 다녔다. 그런 아이들은 예전 학교에도 있었다.

애나는 매점이나 음악실이 어디인지 일러 주고, 자질구레한 학칙이나 선생님들의 특징에 대해서도 설명해 주었다. 모은이는 애나가 반갑고 고마웠다.

"있지, 넌 누구랑 제일 친해?"

"나?"

매점에서 나오는 길이었다. 애나는 계단을 내려오다 말고 우뚝 멈춰 섰다.

그러더니 멍하니 허공에 시선을 두었다. 잠깐 무언가 생각해 내려는 것 같기도 하고, 허둥대는 것 같기도 했다. 모은이와 애나가 멈춰 서 있자, 좁은 계단을 오르내리던 몇몇 애들이 짜증을 부렸다. 남학생 하나가 어깨를 치고 지나가고 나서야 애나는 모은이에게로 눈길을 주었다.

"너."

모은이는 가슴이 철렁 내려앉았다.

"뭐 그런 걸 묻냐, 쑥스럽게스리······"

애나는 팔꿈치로 모은이를 툭 치더니 깡충깡충 뛰어 계단을 마저 내려갔다.

애나는 틈틈이 공책에다 글을 썼다.

애나의 공책은 함부로 휘갈겨 쓴 글씨로 가득했고, 세 권을 셀로판테이프로 단단히 묶어 놓았는데 세 권 모두 귀퉁이가 닳아 있었다.

모은이가 애나의 공책을 살살 쓰다듬었다.

"글 쓰는 애는 처음 봐."

모은이가 감탄하자 애나가 안경을 올리며 배시시 웃었다.

"무슨 글이야?"

"그냥 이런 거 저런 거."

애나는 볼펜 끝을 입에 물고 잠시 생각에 잠겼다. 꿈을 꾸는 듯, 어디 먼 곳을 헤매는 듯. 모은이는 애나의 동그란 이마와 빨간색 뿔테 안경, 볼펜을 살짝 물고 있는 예쁜 입술을 마음껏 바라보았다.

"지금 쓰는 건 소설인데, 주인공은 학교 창가 자리에 앉아서 늘 만화를 그려. 한 시간만 지나도 책상 위에는 지우개 가루가 수북이 쌓일 정도야."

"오, 궁금하다."

"완성되면 제일 먼저 보여 줄게. 꼭."

애나는 공책을 가슴에다 꼭 끌어안았다.

애나는 소설 쓰기에 열심이었다. 수업 시간에도 틈틈이 선생님들 눈을 피해 슬그머니 공책을 꺼내 펼쳐놓곤 했다. 그럴 때마다 모은이는 마음이 조마조마했다.

아직 점심시간도 지나지 않았는데 땡볕이었다. 이런 날 체육이라니, 아이들은 투덜거리며 운동장으로 나갔다.

"아, 싫다. 차라리 생물 시간을 택하겠어."

삑! 체육 선생님이 호루라기를 불자 아이들은 건성으로 대열을 맞춰 섰고 호루라기 소리에 맞춰 대충대충 몸풀기 체조를 시작했다. 잠깐 팔다리를 움직였을 뿐인데도 땀이 줄줄 흘러내렸다.

다행히도 체육 시간은 그것으로 끝이었다. 나머지 시간은 운동장 한편 그늘 아래서 때우기로 했다.

모은이와 애나는 화단에 나란히 걸터앉았다. 둘다 더위에 지친 탓에 별말이 없었다. 옆 수돗가에서는 몇몇 남자애들이 머리까지 수도꼭지에 들이대고는 법석을 떨었다.

모은이는 멍하니 앞을 바라보았다.

운동장은 땡볕 아래 이글이글 불타고 있었다. 운동장 건너 학교 건물 역시 햇볕 아래 놓여 있기는 마찬가지였다. 모르긴 몰라도 교실 안은 숨 막히게 더울 게 분명했다.

　모은이는 무심코 2학년 3반 교실이 어디쯤일지
더듬어 보기 시작했다. 2층이고, 중앙 현관에서 옆
에, 옆에…… 저기다. 저기가 바로 우리 교실이다.
모은이는, 좀 이상하긴 하지만 살짝 그립기까지 한
느낌에 사로잡혀서 교실 창문을 바라보았다. 저기
가 우리 교실이고, 저 안에 내 자리가 있다.

　그때 문득 교실 안에서 무언가 움직이는 게 보
였다.

　"어?"

누군가 교실 창가에 앉아 있다. 거리가 멀어서 누구인지 알아볼 수는 없지만 확실히 동그란 머리통이 까딱거리고 있다.

옆에서 꾸벅꾸벅 졸고 있던 애나가 퍼뜩 깨어났다.

"우리 교실에 누가 있어!"

"어디, 어디?"

애나는 손차양을 만들어 이마에 댔다.

"누구야, 누구! 난 안 보이는데……."

얼마 동안 엉덩이를 들썩이며 눈을 부릅뜨던 애나가 이내 피식, 웃었다.

"에이, 잘못 봤어."

"분명히 누군가 있었는데……."

"아까 내가 교실 문 잠갔어. 열쇠도 내 주머니에 있는데?"

"이상하네. 분명히 창가 앞에서 두 번째 자리쯤에 누가 앉아 있었는데."

모은이도 애나처럼 햇빛을 가리고는 다시 한 번 교실 쪽을 바라봤다. 지금은 아무도 보이지 않는다.

"에이, 그렇다면 더더욱 그럴 리 없지."

"왜?"

"창가 앞에서 두 번째 자리에는 아무도 앉지 않거든. 거긴 벌받는 자리야."

"벌받는 자리?"

모은이가 어리둥절한 얼굴로 물었다.

"떠들거나 성적이 떨어지거나 뭘 잘못하면 거기 앉아. 담임이 정해 둔 거야."

모은이는 고개를 갸우뚱했다.

"그게 무슨 벌이야. 거기 앉아 있으면 뭐, 다른

애들이 말을 걸지 않거나 그러는 거야?"

"글쎄…… 지금껏 거기 앉은 애가 없어서 모르겠는데."

애나는 다시 팔짱을 끼고 고개를 숙였다.

교실로 돌아오자 애나는 자물쇠를 따고 뒷문을 드르륵 열더니 모은이에게 확인해 보라는 듯 옆으로 비켜섰다. 교실 안은 벗어 둔 옷가지들로 어수선해 보였지만 역시 아무도 없었다. 애나가 어깨를 으쓱했다.

모은이는 자기도 모르게 창가 자리로 다가갔다. 책상 위에는 지우개 가루가 수북이 쌓여 있었다. 지우개 가루? 머릿속에 무언가 떠오르는 듯 마는 듯 하다가 순식간에 사라져 버렸다. 모은이는 잠시 서 있다가 옷을 갈아입으러 갔다.

애나의 소설 공책은 이제 네 권으로 늘어났다. 애나는 볼펜을 돌려 분해한 뒤 심을 살펴보고 있었다.

"볼펜이 얼마 남지 않았어. 고지가 보인다."

"소설 쓰는 게 목표야, 아니면 볼펜 다 쓰는 게 목표야?"

"당연히 소설이지."

모은이는 그런 애나를 가만히 바라보다가 말을 꺼냈다.

"너 있지, 수업 시간에는 소설 쓰지 마."

"왜?"

"걸리면 어떡해."

"걱정 마. 내가 선생님 눈을 피하는 데는 도가 텄거든. 절대 안 들켜."

애나가 손사래를 치며 가볍게 대꾸했다.

모은이가 아는 한 2학년 3반 아이들 중에는 크게 말썽을 부리는 아이가 없었다. 어느 반에나 한 명쯤 있게 마련인 문제아도 없고, 수업 시간에 딴짓하다가 걸리는 아이도 없었다. 반듯하고 말 잘 듣는 아이들만 모아 놓은 것 같았다. '얌전한 아이라고 들었다, 그렇다면 아무 문제 없을 거야.' 모은이는 담임이 했던 말을 잊지 않고 있었다.

그래서 더욱, 애나가 마음에 걸렸다. 애나가 수업 시간에 공책을 꺼내 놓고 끄적거리고 있으면 모은이도 수업에 집중을 할 수 없었다.

그날도 애나는 교과서 아래 공책을 숨겨 두고는 빠른 속도로 글을 써 내려가고 있었다. 하필 담임 선생님이 담당하는 도덕 시간이었다.

아이들은 담임이 들어올 때마다 눈에 띄게 긴장

을 했다. 담임 선생님이 특별히 목소리를 높이거나 인상을 쓰지 않는데도 아이들 사이에 어떤 두려움 같은 것이 흐르는 게 느껴졌다. 국영수처럼 수업이 자주 있는 편이 아니어서 다행이다 싶을 정도였다.

"……우리에겐 사회 구성원으로서 지켜야 할 규범이라는 게 있다. 이러한 시민 윤리를 꼭 거창하게 생각할 필요는 없겠지. 너희처럼 중학생이라면 중학생 나름의 윤리가 있을 테고……."

어느 순간, 담임 선생님이 말을 멈추고 어느 한 곳을 뚫어져라 바라보았다. 아이들이 담임의 시선을 따라 그쪽으로 일제히 고개를 돌렸다. 모은이는 등줄기가 서늘해졌다.

담임 선생님이 성큼성큼 걸음을 옮겼다. 모은이는 온몸이 굳어 버린 채 눈동자만 돌려서 애나 쪽을 바라보았다. 애나는 지금 어떤 일이 벌어지고 있는지 전혀 모르는 눈치였다. 애나의 오른손에 쥔 볼펜이 쉴 새 없이 까닥거리고 있었다.

"뭐 하는 거지?"

애나는 의자에서 튀어 오를 것처럼 놀랐고, 서둘러 공책을 덮었다.

"수업 시간에 뭐 하는 거지?"

담임 선생님이 다시 한번 물었다. 목소리는 말할 수 없이 차가웠다. 애나는 겁에 질린 눈으로 담임을 올려다보고는 이내 고개를 푹 숙였다.

"그거 이리 내."

선생님은 평상시 같은 목소리로 담담하게 말했다.

모은이는 침을 꿀꺽 삼켰다. 애나가 공책을 순순히 내줄 것 같지 않았다. 아니나 다를까, 애나는 잽싸게 공책을 잡아당기더니 가슴에 꽉 끌어안았다.

"뭐 하는 거지? 내 말 못 들었어?"

선생님의 목소리가 높아졌다.

"당장 이리 내!"

담임이 손바닥을 펼쳐 애나에게 내밀었다. 하지만 애나는 공책을 끌어안은 채 조금도 움직이지 않았다. 한동안 교실 전체가 얼어붙은 듯했다. 모든 아이들이 숨소리도 내지 않으려고 애를 쓰는 것 같았다.

모은이는 갑자기 오줌이 마려웠다. 무서웠다. 금방이라도 우당탕 소리를 내며 교실 바닥에 내동댕이쳐지는 애나를 볼 것만 같았다.

"정말 안 되겠구나. 이번 시간 끝나면 당장 짐 싸서 벌받는 자리로 옮겨."

그렇게 말한 다음, 담임 선생님은 다시 교탁 앞으로 돌아갔다. 애나는 여전히 공책을 끌어안은 채였다. 모은이는 조그맣게 한숨을 내쉬었다.

그날 밤, 모은이는 자기 이야기를 애나에게 털어놓아야겠다고 마음먹었다. 어째서 그 학교 수학 선생님에게 찍혔고 수시로 체벌을 당했는지, 얼마나 억울하고 힘들었는지 이야기할 작정이었다. 엄마가 학교로 찾아갔을 때 모은이 편을 들어준 선생님은 하나도 없었으며, 아이들도 모은이에게서 등을 돌렸다. 그 이야기를 들려주면 애나도 자기 이야기를 들려줄 것이었다. 왜 다른 아이들하고 친해지지 못했는지, 왜 그렇게 공책에 연연해하는지.

모은이는 휴대 전화를 집어 들다가 자신이 여태

애나의 전화번호조차 모른다는 사실을 깨달았다. 어떻게 그럴 수 있었을까? 어째서 문자 한 통 주고받지 않았을까? 학교에서는 한시도 떨어질 틈이 없이 붙어 다녔는데. 지난 몇 달 동안 친구 하나 없이 지내 온 탓에 전화번호 묻는 것조차 잊어버린 것 같았다. 그건 아마 애나도 마찬가지였을 것이다.

다음 날, 모은이는 평소보다 일찍 학교로 갔다. 창가 앞에서 두 번째 자리, 애나의 새 자리는 비어 있었다.

모은이는 조바심을 내며 애나를 기다렸다. 애나가 오면 아무렇지도 않게 대해야지, 모은이는 그렇게 애나를 기다렸다.

하지만 조회 시간이 시작되어 담임 선생님이 들어올 때까지도, 애나의 모습은 보이지 않았다. 담임도 애나가 없는 것을 두고 별다른 내색이 없었다. 혹시 따로 상담실 같은 데 불려 가서 벌을 받는 걸까?

조회가 끝난 뒤, 모은이는 애나 자리로 가서 가방이 있는지 살펴보았다. 없었다.

그 뒷자리 아이는 필통을 뒤적거리며 무언가 찾고 있었다.

"저기 있지, 오늘 애나 안 왔니?"

아이가 고개를 들어 모은이를 쳐다보았다. 그러고는 고개를 살짝 갸우뚱했다.

"누구라고?"

뒷자리 아이가 물었다.

"애나……."

"애나?"

그 아이는 마치 애나를 모르는 것처럼 굴었다.

모은이는 화가 났다. 아무리 별 존재감이 없는 아이라 하더라도 그렇게 모르는 것처럼 굴 것까지야 없지 않을까?

"애나, 애나 말이야. 어제 이 자리로 옮겨 왔잖아."

"애나가 누구야?"

모은이는 결국 분통을 터뜨렸다.

"정말 너무한다!"

큰 소리가 나자 교실 안 아이들이 모은이 쪽으로 고개를 돌렸다.

"어쩜 같은 반 애를 모른 척할 수가 있니? 애나가 뭘 그렇게 잘못했는지는 몰라도, 어떻게 그래?"

뒷자리 아이가 벌떡 일어났다.

"왜 이래? 애나가 대체 누군데 그러는 거야?"

그 아이는 씩씩거리며 모은이를 똑바로 노려보
았다.

"쟤 왜 그래?"

"애나가 누구야?"

"애나? 누구 말하는 거지?"

주위 아이들이 한마디씩 쏟아 냈다.

"애나 말이야…… 나하고 같이 다니던 애……
밥도 같이 먹고, 안경 쓰고……."

모은이는 당황한 탓에 말이 제대로 나오지 않
았다.

"너 늘 혼자 다녔잖아."

뒷자리 아이가 차갑게 대꾸했다.

모은이는 아무 말도 하지 못하고 아이들을 하나
씩 둘러보았다.

"애나? 성이 뭔데?"

누군가 물었다.

모은이는 그제야 퍼뜩 정신이 들었다. 애나의 성이 뭐냐고? 그러고 보니…… 모은이는 애나의 성도 모른다!

모은이가 어쩔 줄 모르고 서 있자 아이들이 다시 웅성대기 시작했다.

"애나라는 애 알아?"

"아니, 처음 들어보는데."

뒷자리 아이가 마지막으로 한마디 했다.

"그리고 이 자리는 언제나 비어 있었어. 벌받는 자리라 아무도 앉은 적이 없다구!"

수업 종이 울렸다. 몰려들었던 아이들도 순식간에 흩어져 버렸다.

모은이는 비틀거리며 자리로 돌아와 앉았다.

그날, 모은이는 내내 혼자였다. 그 전에, 언제나 그랬던 것처럼. 쉬는 시간에는 책상 위에 엎드려 있었고, 점심은 굶었다.

점심시간에 책상에 엎드린 채 그 자리를 바라보았다. 책상 위로 햇빛이 한가득 쏟아져 들어오고 있었다. 애나는 어디에도 없었다.

5교시는 과학 시간이었다. 생물 선생님이 여느 때처럼 교실로 느릿느릿 걸어 들어와서는 교탁 앞에 섰다. 선생님이 중얼대는 듯한 낮은 목소리로 수업을 시작하자 아이들은 슬그머니 한 뼘씩 자세를 낮추었다. 과학 시간만큼은 긴장하지 않아도 좋았다. 모은이는 과학책을 펼 생각도 하지 못한 채 교탁 앞에 있는 선생님을 멍하니 쳐다보았다. 생물 선생님 입가에 조금씩 침이 고이고 있었다.

수업 시간이 반쯤 흘러갔을 때 모은이는 자리에서 벌떡 일어섰다. 칠판에 필기를 하던 선생님이 놀란 눈으로 모은이를 돌아보았다. 아이들도 부스

스 등을 세우고는 모은이 쪽으로 눈길을 돌렸다. 교실 전체가 급하게 잠에서 깨어나는 듯했다.

모은이는 뚜벅뚜벅 걸어, 창가 앞에서 두 번째 자리로 갔다. 그리고 선생님이나 아이들의 놀란 표정에도 아랑곳없이 그 자리에 앉았다. 모은이는 겁이 나지도 않았고, 눈물이 나지도 않았다.

눈을 감고 가만히 서랍 속으로 손을 넣었다. 무언가 손에 잡혔다. 꺼내 보지 않아도 무엇인지 알 수 있었다. 모은이는 두툼하게 묶은 공책을 꺼내며 고개를 들었다.

교실은 텅 비어 있었다. 햇살에 그만 눈이 부셨다. ●

김민령

가장 어둡고 슬프지만
가장 빛나고 아름다운 한때를 보내는
청소년들에게 따뜻한 미소를 보냅니다.

책과 멀어진 친구들을 위한 마중물 독서

　수업 시간 대부분을 잠으로 보내거나 수다로 보내는 많은 학생들을 떠올립니다. 그런데 글쎄, 어떤 친구들은 수업 시간에 추천한 책을 사서 며칠 만에 다 읽고, 친구들과도 함께 읽고 싶다면서 학급 문고에 기부를 합니다. 스스로 책을 사서 자발적으로 읽는 게 흔한 풍경은 아닌데, 그렇게 예쁜 모습을 보이니 선생님도 신이 나서 칭찬을 많이 해 주었습니다.

독서에 흥미를 붙이면 삶을 아름답게 꾸며 나갈 수 있다고 이야기해 주었습니다.

그러나 이런 풍경이 흔하지는 않습니다. 어릴 적에는 부모님께 같은 책을 여러 번 읽어 달라고 조르기도 하고, 그 이야기 속에서 상상의 나래를 펼쳤던 아이들이 청소년기에 접어들면서부터는 이제 책 읽기가 싫다고 말합니다. 몇 해 전부터는 학교 현장에서 소설 한 편 읽기를 하고 나면, 이렇게 긴 글은 처음 읽어 봤다는 반응이 나옵니다. 그럴 때마다 교사로서 씁쓸한 마음이 듭니다.

'소설의 첫 만남' 시리즈는 이런 현실에 돌파구가 되어 줄 만한 새로운 청소년소설 시리즈입니다. 국어 교사들이 머리를 맞대고 동화책에서 소설로 향하는 가교 역할을 해 줄 만하며 문학적으로 완성도가 높고 흥미로운 작품을 엄선하여 꾸렸습니다. 책이

게임이나 웹툰보다 재미없다고 생각하는 학생들, 독해력이 다소 부족한 학생들도 '소설의 첫 만남' 시리즈를 통해서라면 문학의 감동과 책 읽기의 즐거움을 새롭게 경험할 수 있을 것입니다. 무엇보다 재미있습니다. 부담이 적습니다. 한 시간 정도면 충분히 읽을 수 있는 짧은 분량과 매력적인 일러스트 덕분에, 책과 잠시 멀어졌던 청소년들도 소설을 읽는 즐거운 '첫 만남'을 가져 볼 수 있습니다.

문학은 힘들고 지칠 때 위로를 건네고, 어떻게 살아야 하는지 지혜를 전하며, 다양한 삶의 가치를 일깨워 주는 보물이라고 믿습니다. '소설의 첫 만남' 시리즈를 통해 청소년들은 때로는 자신이 주인공이 되고, 때로는 주인공의 친구가 되는 듯한 몰입을 경험하면서 문학이 주는 재미와 기쁨을 마음껏 누릴 수 있을 것입니다.

우리 친구들이 소설 작품에 대해 재미있게 이야기하는 멋진 풍경을 기대하니 마음이 설렙니다. 스마트폰에 시선을 빼앗긴 채 이것저것 기웃거리면서 '대충 보기'에 익숙해진 학생들, 긴 글 읽기에 익숙하지 않아 책 앞에서 주리를 트는 학생들, "초등학교 4학년 이후로 책을 읽어 본 적이 없다."라고 고백하는 '독포자'들을 위해 기꺼이 추천합니다.

"얘들아, 이제 재미있게 읽자!"

'소설의 첫 만남' 자문위원

서덕희(경기 광교고 국어교사)

신병준(경기 삼괴중 국어교사)

최은영(경기 미사강변고 국어교사)

소설의
첫 만남 **07**

누군가의 마음

초판 1쇄 발행 | 2017년 7월 10일
초판 10쇄 발행 | 2024년 6월 20일

지은이 | 김민령
그린이 | 파이
펴낸이 | 염종선
책임편집 | 김영선 정소영
조판 | 박지현
펴낸곳 | (주)창비
등록 | 1986년 8월 5일 제85호
주소 | 10881 경기도 파주시 회동길 184
전화 | 031-955-3333
팩시밀리 | 영업 031-955-3399 편집 031-955-3400
홈페이지 | www.changbi.com
전자우편 | ya@changbi.com